KB060045

봄볕이 다정해도 아직 봄은 아니야

님 惠鑑

年　　　月　　　日

羅 賢 子 謹呈

청어詩人選 409

봄볕이
다정해도
아직 봄은 아니야

라현자 시조집

청어

시인의 말

작은 잘못을 저질러 혼나지 않을 것이라 마음 놓고 집에 가면
어찌 그리 크게 혼이 났던지, 어린 시절의 기억이다.
시조집을 준비하면서 유사한 생각이 들었다.
지레 겁을 많이 먹을수록 기쁨은 커지고, 슬픔은 작아지는 느낌이 든다.
이번 시조집은 긴장을 놓고 '어' 하고 있다가
사냥꾼에게 쫓기는 사슴처럼 숨 가쁘게 달려온 시간 속 작업이었다.
하지만, 시조와 노는 시간은 무한히 행복하였다.
유난히도 무더웠던 여름을 시조와 보내느라 여름을 이길 수 있어서 좋았다.
당근이든 채찍이든 이유야 어떻든 시조와 함께하는 시간은 행복 그 자체이다.

여든을 앞둔 어느 선생님께서
나이가 들어갈수록 수필은 지루해서 못 쓰겠고
시는 싱거워서 못 쓰겠고
시조는 짭짤해서 쓰기 좋다고 하신 말씀이 생각난다.

나이가 들면 음식의 간이 짜지는 것처럼 같은 이치일지
도 모르겠다.
　나도 짭짤한 시조가 시간이 갈수록 좋아지고 있으니
말이다.

　끝으로 부족한 글에 평설을 써 주신 한국시조협회 김
홍렬 고문님께 머리 숙여 감사한 마음을 전하며, 하늘에
계신 하나님께 감사와 영광을 돌리고, 독자분들이 부족
한 글을 읽고 조금이나마 삶의 위트와 용기를 얻으며 입
가에 미소를 머금을 수 있으면 하는 바람이며 그것으로
또한 족하다.

2023년 7월 성하

쓰르라미 자지러지는 날에

라현자

봄볕이 다정해도 아직 봄은 아니야

2부   그 사람 이름

3부   담쟁이

4부 시조가 좋은 걸 어떡합니까

5부   비빔밥

1부

2020, 봄

사람을 흠모하여 길가에 일군 터전
길 위에 산다 하여 본명이 길경이라
이름도 숙명이던가, 억센 팔자 사납다

사마귀(동시조)

소나기 피하려고
처마 밑에 들른 그날

초가지붕 빗방울이
손등에 올라앉아

그사이 뿌리를 내렸나,
사마귀*가 돋았네

*사마귀: 피부 위에 낟알만 하게 도도록하고 납작하게 돋은 반질반질한 군살.
*어려서 사마귀나 티눈을 흔히 볼 수 있었는데 친구들 손등에 난 사마귀가
부러워 비올 때 초가지붕 아래 달려가 손에 비를 맞았다.

환절기(換節期)

추위가 기승이라
봄색시 올까마는

동장군 기합소리
동트기 전 새벽처럼

막바지 극성을 떨며 맹추위를 쏟아 낸다

삼월의 문턱 앞에
잘 가라 손 흔들며

봄처녀 문안인사
다시 만날 기약인 양

길 떠날 나그네 설움 달래주며 봄은 온다

초행길

봄비 촉촉한 날
온갖 아픔 견뎌내고
꽃망울 터뜨리는
분홍철쭉 여린 꽃잎

누구도
가 본 적 없는
몸 밖으로 길을 낸다

처음 핀 장미

크고
탐스러운
첫 손주 꽃 고귀하다

장미공원
넓은 마당
달려 나온 붉은 소망

찬사를
한 몸에 받으며
영광스레 크거라

유월의 밤

소리 없이 떠난 받침 유월은 허전하다
꽃망울 터질세라 연못 속은 고요한데
맹꽁인 눈치도 없이 꽁악꽁악 밤을 새네

이 밤 주인공이 저인 줄 아는가 봐
지 짝만 찾겠다고 목 놓아 울고 있어
달님도 볼썽사나워 구름 뒤에 숨는다

순진한 맹꽁 처자 가슴에 큰 불났다
꽁하다가 악이 어째 어쨌다고 하는 건데
세상에 나쁜 남자는 어딜 가나 인기다

코흘리개 여덟 살

왼 가슴 옷핀으로 넓적한 수건 달고
여덟 살 코흘리개 첫발을 내디뎠네
소매로 콧물 훔치면 말라붙는 때였지

해종일 정신 팔려 넋 놓고 뛰놀다가
저녁밥 건너뛰고 쓰러져 내쳐 자면
등굣길 날 업고 뛰던 아버지 등 따스했지

다리 밑서 주워왔다 짜고 치는 고스톱에
마룻바닥 다 닳도록 발 구르며 떼를 쓰며
쓰디쓴 인생의 질곡을 일찌감치 맛보았지

2020, 봄

병마로
물든 세상
여지없이 봄은 오고

오가도
못할 신세
어찌할 바 모르겠네

봄볕이
저리 다정해도
봄은 봄이 아니야

신작로

연기를 뿜어내며 달려오는 버스 한 대
소망을 가득 싣고
학교 앞을 지날 때면
버스 안 승객들에게 손 흔들며 환송한다

요즘은 보기 드문 울퉁불퉁 돌멩이길
어쩌다 버스 타면
멀미에 시달려도
그 길을 오고 가면서 지혜의 키 자랐네

낫 들고 보리 베러 십 리를 걸어가고
가냘픈 코스모스
먼지로 샤워해도
먼 훗날 펼쳐질 희망 그곳에서 그렸네

집으로 가는 길

책상이 귀한 시절 학교에서 공부하다

어스름 저녁 해가 서쪽으로 기울 때면

집으로 돌아가는 길 공동묘지 무서웠다

학교에 남지 말자 맹세는 어디 가고

시험에 정신 팔려 문제 풀다 때를 놓쳐

관 뚜껑 열려 흰 소복 나타날까 겁먹었지

질경이

낯선 땅 숲길 가다 우연히 만난 잡초
고향 벗을 만난 듯이 얼싸안고 싶어져서
여린 팔 어루만지며 밟힌 상처 쓸어 준다

사람을 흠모하여 길가에 일군 터전
길 위에 산다 하여 본명이 길경이라
이름도 숙명이던가, 억센 팔자 사납다

너나없이 좋은 환경 누리고파 안달인 데
쾌적한 곳 경쟁피해 고통을 견디는 삶
죽음도 겁내지 않는다 그 성정이 처연(悽然)하다

풋사랑 2

눈망울 맑은 소녀
나비처럼 흰 깃 세워

나풀나풀 어깨춤에
사뿐사뿐 밟는 꽃길

담 너머
머슴아 가슴
터질 듯이 부푼다

꿈을 꾸는 사람들

토요일 오후 7시 복권방을 지날 때면
도로 갓길 따라 줄 서 있는 자동차들
대박을 터뜨릴 꿈이 돈 꿈 꾼 듯 벅차다

일등이 나왔다는 소문이 떠돌아서
추첨을 하기도 전 가슴이 콩닥댄다
참말로 야무진 꿈에 한 발짝 더 다가간다

다섯 장 복권 품고 상상의 나래 펴면
만석꾼도 되어 보고 재벌도 부럽잖다
가끔씩 며칠이나마 그 행복에 젖어 산다

짝사랑

하루를 한 달같이 가득 찬 그대 생각
마주치는 우연 속에 운명 같은 만남들로
심장이 터질듯해서
숨기느라 애먹네

예쁜 옷 날개 달아 수천 번 데이트에
수줍은 얼굴 붉혀 버진로드 꿈을 꾸다
정신을 차리고 보면
야간자습 교실이다

한 가지만 비껴가도 낙서처럼 지워내고
베고니아 꽃 피우듯 사랑은 대가 없이
또다시 짝짝이 사랑
두근두근 시작한다

밑천도 들지 않고 가슴 속에 담는 행복
싫증 나면 차버리고 식어지면 잊으면 돼
양심도 찔릴 일 없는
나만 아는 별 하나

만추

저무는 계절 끝에
그리움 밀려든다

삼십 년 우정 찾아
주저 없이 나선 걸음

눈앞에
고즈넉한 산사
풍경 소리 애절하다

게으른 가을 단풍
저리도 붉게 타고

흘러가는 추억들은
사진 담기 바쁘구나

수묵 빛
드리운 산 그림자
짧은 해가 야속하다

모자의 변신
−관광지 모자 가게에서

엘사*는
멋쟁이
모델로 탄생하고

경아*는
단아한
빈궁마마 빼닮았고

미아*도 그림 속 소녀처럼
긴 머리가 청순하다

*엘사, 경아, 미아는 친구들의 애칭이다.

줄포장 가는 길

초등학교 시절에는 한양은 고사하고
읍내만 갔다 와도 어깨가 으쓱했다
장날이 공휴일이면 계 탄 거나 다름없고

누가 먼저 할 것 없이 삼삼오오 떼를 지어
간척지 논길 따라 줄포까지 걸어갈 때
한가득 설렌 마음만 빈손으로 들고 간다

십리를 뛰며 걷다 다리를 세 개 건너
밭둑길 버덩너머 언덕을 올라서면
코앞이 줄포장터라 작은 심장 벌렁댄다

눈송이

새하얀 솜털들이

꽃잎처럼 흩날린다

헐벗은 나뭇가지

포근히 덮어주다

떠날 때
잊어버리고
나무 품에 안겨 있네

치악산 굽이길

오직 주행선만 펼쳐지는 초록한 산
저 아래 낭떠러지 추월선 없는 외길
고문관
길잡이 세워
딛는 두 발 더 꼬인다

날다람쥐 후손인양 늘 저만치 내빼는 이
꾹 눌러 참은 걸음 속 뜨락 아궁이 속
산허리
골바람 앞에
꼬인 심사 다 풀린다

구학산 둘레길

무릎이 붙는 만큼 겨우내 곰이 된 몸
집콕을 지나느라 내 벗이 되었는지
걸을 때 숨이 차올라 쉬엄쉬엄 꼬리 묻다

바라던 일 한다는 건 참으로 감사한 일
여행 앞둔 중년처럼 설렘 반 조바심 반
굽잇길 대장정 걷기 마음 다져 출발한다

열반에 들지 못한 나뭇잎들 송축(頌祝)하고
마스크 벗은 수다 도란도란 꽃피우면
산어귀 내딛는 발길 은금보다 값지다

볼따구 때리는 비 바람 벅찬 골짜기에
새싹은 소리 없이 가지를 밀어내고
꽃들은 생명을 틔워 새 역사를 써간다

2부

그 사람 이름

생시가 아니기를 현실이 꿈이기를
백 번이고 천 번이고 바라고 바랐건만
꽃상여 타신 모습이
눈물 속에 밟힙니다

가을밤(동시조)

차가운 달빛 너머
도드라진 작은 별들

어둠이 부지런히
가로등 불 밝히면

가랑잎
부르르 떨면서
구름 이불 덮는다

그 사람 이름

어둠이
깊을수록 빛은 더욱 찬란하여
칠흑의
밤일수록 별빛 한결 돋보이듯

세상이
악해질수록
선은 한층 빛난다

사람도
그렇다 난세에 영웅 나듯
어려운 때
강해지는 별빛 같은 사람 있다

평생을
자식 걱정에
잠 못 드는 어머니다

사투리

몇 매듭 풀다 보면
고향이 드러난다

말속에 뼈가 살듯
맘속에 고향 있다

그랗게
아무렇게나
함부도록 살 수 없다

편견

꽃은 생긴 대로 그 이름을 지어주고
동백은 잎 모양 따라 다른 이름 붙여준다
누구든
겪어보지 않고
섣부르게 판단 마라

가신 그 후 이 가슴엔

5월 그 가슴에 활짝 피울 꽃을 품고
추모공원 납골당에 누워계신 고운 임께
박처럼 텅 빈 마음으로
그리움이 갑니다

생시가 아니기를 현실이 꿈이기를
백 번이고 천 번이고 바라고 바랐건만
꽃상여 타신 모습이
눈물 속에 밟힙니다

닿으려 닿으려고 손을 뻗어 올려 봐도
잡을 수 없는 사랑 어느새 꿈별 되네
내세엔 인연을 엮어
제 엄마로 또 오셔요

풀리지 않는 의문

불현듯 그날 아침
사는 게 무엇일까

물음표 옷을 입고
오늘이 찾아왔다

아직도 고심(苦心) 중이다,
그 해답을 얻고자

딸 키우기

전자 메일 교신하며 인터넷을 주도하여
삼팔육 엄마로서 엠지세대* 부모노릇
딸자식 가진 죄로다 고행의 길 아닌가

곤한 밤 자정 넘어 이 몸은 고달픈 데
손전화는 차단인지 연락은 불통이고
절망만 전류에 감전된 듯 새근새근 저려 온다

한식경 버티기도 어려운 지경이라
희망의 조각 찢겨 여린 숨은 버겁지만
엄마도 사람인지라 육신에게 넘어진다

*엠지세대(MZ세대): 1981~1996년생인 밀레니얼세대(M세대)와
1997~2012년생인 Z세대를 MZ로 묶어 부르는 대한민국에서만 쓰이는 신
조어이다.

돌탑

곡진한
바램들이
작은 탑 되었구나

간절함
그 위에다
내 마음 포개본다

말하지
않아도 되는
우리만의 대화다

어떤 슬픔

눈물샘이
꽉 막힌 듯
마른 울음 울컥대다

온몸이
가물어서
쩌억 쩍 갈라진다

생시가
제발 아니길
꿈이기를 비옵네

부부 1

부족한
사람끼리
연분의 매듭 묶어

한평생
걸어가며
사랑으로 탑을 쌓아

세상을
더 아름답게
불 밝히게 하시네

부부 2

쉼 없이
축축한 비
갈팡질팡 내리던 날
머리가 성글어져 안쓰러운 당신 위해
살 빠진 우산 대신 쓰고서 비에 젖는 짚신 한 짝

둥지 떠난 작은 새

텃밭에 고구마 순 조심스레 들춰가며
크고 제법 퉁퉁한 줄기를 따낼 때면
어려서 고향 떠난 친구 불현듯이 떠오른다

가슴을 스며들던 풋풋한 7월 향기
윤희가 떠나던 날 바람이 그랬었네
'전주에 부부 교사 집 애기 보러 갔다고'

낯설은 어린 나이 물설은 객지 생활
눈은 맵고 몸은 춥고 눈치가 얼얼해서
강만큼 흐르는 눈물 엄마 품을 그렸겠지

무더위

달궈대는
풀무질에
펄펄 끓는 용광로 속

한 살림
채비 꾸려
밀려가는 썰물처럼

한여름
몰려든 차들
가쁜 숨을 몰아쉰다

태풍 2

비구름
흘린 피에
동강 난 몸뚱어리

성난 바람
휘몰아쳐
뿌리째 뽑히어도

어디메
시공을 넘어
꿈틀대는 혼이여

마지막 잎새

늦가을
서리 맞아
푸석한 잎새 하나

푸르름
날개 펼쳐
눈부시게 반짝이다

이제는
석양을 품고
삶의 끈을 붙든다

새해맞이

오해의
열매들이
가득한 마음으로

새 아침
뜨는 해를
마주할 용기 없어

겨울비
오는 길목에
꽁한 마음 털었네

수수께끼

나이를
먹을수록
고집만 비례하는

늙은 황소
바라보며
떠오르는 연목구어

알면서 안 되는 건지

본 태생이 그런 건지

열쇠

쎄쎄쎄
놀이처럼
사인(sign)만 기억하면

유리문
철문이든
마음의 창 열리는데

자물쇠
굳게 잠근 네 맘
열 쇳대는 어디 있나

오동도

몇 년 만에
만남인지
기억은 흐릿한데

무정한
빗방울은
남은 흔적 씻어 내고

한 떨기
붉은 동백은
눈물 되어 망울진다

3부

담쟁이

옷깃만 스쳐가도 인연이라 하건마는
각림사 사제지간 억겁에 비할소냐
그 깊은 연독지정을 감내하신 큰 사랑

깔끄막 눈썰매장(동시조)

함박눈 쌓이던 날 마을 어귀 깔끄막에
짚 새기 구겨 넣은 비료 푸대 올라타고
해종일 오르락내리락
눈썰매를 타지요

온 동네 아이들이 어찌나 신나던지
볼 얼고 손 시려도 집에 갈 줄 모를 때면
엄마가 강제 호출하지요,
"이제 저녁 먹어야지"

빨래터

아랫물에
때를 벗겨
웃물로 목욕하고

방망이에
한을 풀고
입으로 속을 터는

우물가
사랑방에서
삶의 기운 움튼다

화려한 외출

인생의
절정기가
바로 지금 아니런가

오색 빛
단풍 향연
눈 호강이 사치로세

이 가을
걸작품들이
앞을 다퉈 쏟아지네

가을 나무

저마다 고운 옷에
산들대는 춤사위들

바람은 시녀처럼
도두뵈게 불어 준다

하늘에
걸린 가을은

틀림없는 무용수다

담쟁이 1

눈 쌓인 둘레길에
시퍼렇게 날 선 생명

지지 않는 해도 아닌
색 잃은 낮달처럼

무엇이
저리 푸르게
그의 삶을 잡았을까

담쟁이 2

담 너머
별세계를
펼치고픈 간절함에

풋풋한
꿈 하나를
설레면서 심어 놓고

결기로
한 땀 한 땀씩
까치발로 오른다

담쟁이 3

밥 짓는
고향 연기
맴돌던 그 자리에
흩어진 가족 대신 굴뚝에 터를 잡고
한 땀씩 솜씨를 부려
싱그런 옷
입고 있네

언젠가
다시 만 날
작은 희망 기다리며
웃자란 잡초 틈에 이파리를 추켜들고
빈집을 지키는 정성
갸륵하게
피고 진다

다시 피어난 깃발

유구한 민족 역사 피같이 지켜온 땅
숨죽인 삼십육 년 칠흑같이 날 선 어둠
두 눈을 힘주어 떠도 뵈지 않던 빛이여

말과 글 짓밟히고 이름 석 자 빼앗겨도
한 서린 가슴속에 고이 품어 심은 씨앗
어느새 백학이 되어 창공으로 치솟는다

코레아 우라*

끝없는 지하 동굴 먹구름 덮인 하늘
온몸은 바윗덩이 짓누르듯 빼개진다
지구가
골백번 돌아도
뵈지 않던 태양이여

아버지를 아버지라 부르지 못한 설움
눈물 되어 씨앗 되어 한이 되어 피어났네
삼천리
방방곡곡에
물결치는 태극 꽃

*코레아 우라는 1909년 안중근 의사께서 러시아령을 방문한 이토를 저격하고 러시아 사람들에게 한국 독립 의지를 알려주려는 의미로 러시아어로 우라 코레아(대한민국 만세)라고 외친 것을 인용하였음.

달갑지 않은 사람

투박한 사람이라
누구라도 멀리하고

무례한 행동 앞에
환영할 수 없었지만

속 뜰엔
따듯한 마음이
꼭꼭 숨어 있더라

본향을 향하여

목마른 그리움을
속적삼에 밀어 넣고

아무 일 없다는 듯 버젓이 나아가다

한순간 무너진 가슴
혼 뺏긴 듯 서럽다

먼 하늘 갈 때까지 조우하는 이별 앞에

재회할 반가움은
부록 끝에 접어 두고

생명 강 맑은 물가에 면류관을 꿈꾸리

야곱

얍 복강 나루에서 천사와 씨름할 때
절박한 그의 심정 간절한 믿음 갖고
환도 뼈 부서지도록
하나님을 이겼네

앞뒤 형 외삼촌 둘러싸인 진퇴양난
내 탓이오 내 탓이오 가슴을 치면서도
이대로 무너질 수 없어
뚝심 있게 나갔네

자신만을 의지하다 맞닥뜨린 고난 앞에
오롯이 무릎 꿇고 엎드리는 심령 되어
미쁘신 아버지께서
무한 열매 주셨네

바램

봄비 오는 야심한 밤 향기 잃은 꽃잎들이

젊은 날 찬란했던 그리움 가득 안고

가로등 임종 받으며 촉촉하게 눈을 감네

모든 일에 때가 있듯 그런 시간 찾아오면

자연의 순리 앞에 온전히 순종하며

한세상 즐거웠노라 담담하게 노래하리

각림사

고려 말 비분강개 누졸재 기세은둔
석천에 목마름을 산채에 가난한 삶
청백리 충절의 은사 갈 곳 없어 애닯다

옷깃만 스쳐가도 인연이라 하건마는
각림사 사제지간 억겁에 비할소냐
그 깊은 연독지정을 감내하신 큰 사랑

세태의 부정부패 불의를 글에 담고
허덕이는 백성들의 고통을 시에 실어
순후한 군자의 성품 청솔 같은 단심이다

골짜기 김을 매며 집필한 역사서시
어두운 세상 밝혀 찬연히 비추리니
그 곧은 학문의 절기 세세토록 빛나리

비밀번호

문들이 언제부터 혹을 달고 살았을까

정조대의 불신인가
혹부리의 환심인가

세상은
온통 암호들 앞에 굽실굽실 조아린다

깔딱고개 1

한숨도 쉴 수 없이
치열한 싸움이다

아찔한 절벽에서
줄 없는 벽 타기다

기필코
올라가리라,
힘들지만 용기 내어

깔딱고개 2

버거운 들숨 날숨
자신과의 싸움이다

깎아지른 절벽 넘어
펼쳐질 미지 세계

기어코
보고야 말리라
해내고야 말리라

작품명: 각방

뜨겁던 태양빛도 찬바람에 내려앉듯
사랑의 유통기한 길어봐야 3년인가
건너면 돌아올 수 없는 강 원상회복 어렵다지

나무도 사람처럼 각방자리 하는구나
이유야 어떻든 행복하게 살면 되지
너무나 멋져 보여서 카메라가 먼저 안다

천둥과 번개

하느님 큰기침에
놀란 우박 발 헛딛고

선녀들 군기 잡는
옥황상제 불호령에

눈물은 폭포수 되어
삼라만상 적셔요

우르릉 대포 소리
미친 전쟁 촉발 같아

하느님도 이런 날엔
플래시를 터뜨려요

죄인을 벌벌 떨게 하는
별난 취미 즐겨요

향일암

태양을 바라보는
해바라기 인생처럼

그 바위 긴긴 세월
한 곳만 바라보며

언제나
사바세계 그려
천년이나 앉아 있다

4부

시조가 좋은 걸 어떡합니까

살림이 거덜 날 땐 봄에 소를 내다 팔 듯
새 주인을 기다리는 유기견 신세처럼
툭하면
쓰라린 이별
이력서로 승화한다

공통점과 차이점(동시조)

산수유 생강나무 일란성 쌍둥인 듯
꽃모양 너무 닮아 보면서도 모르겠다
겉보기
비슷하다고
향기까지 같을까

기생초

원주천
굽이길에
여자도 홀딱 반할

눈에 띄는
절세미모
발길 절로 멈추게 해

강우(强雨) 속
본분을 잃지 않고
끼 부리며 춤을 추네

비밀 2

4인분
뚝배기에
찌개가 끓고 있다

며느리도
모른다는
절대적 레시피다

비밀은
일급일수록
은밀해서 맛있다

산수유

밑동은 얼기설기 껍질도 벗겨진 채
초년고생 극심하여 애처로운 마음이나

샛노란
꽃눈 꽃눈이
앙증맞고 살갑다

여수 야경

탄성과
환호성이
버무려진 여수의 밤

거센 비도
끄떡없는
케이블카 풍광 앞에

고집 센
고소공포증
꽁지 빼고 도망친다

늙어가는 구조 조정

진지한 것이 싫다
침 삼키다 사래 든다

유치한 게 그냥 좋다
트로트에 빠져 든다

가방끈* 평준화 되며
생각 없이 웃고 싶다

*가방끈: 70년대부터 학력이라는 의미로 사용. 요즘 사람들에게서도 많이
사용됨.

산다는 건

사랑과 미움을 잘라 낼 수 있을까
두부를 자르듯, 말처럼 간단하게
하물며 질곡의 세월 마음처럼 쉽지 않다

남들처럼 보통으로 평범하게 산다는 것
한때는 삶의 모토 최고라 여겼건만
눈앞에 틀어진 자화상 가슴, 철렁 아차 싶다

증거

잠은
자도 자도
어찌 그리 맛있는지

나이가
늘어나도
버릇은 변치 않아

노병은
늙지 않았다
흰서리만 맞을 뿐

꽃사과

사탕 같은
애기 사과
파란 하늘 수 놓았네

빼곡한
가지 잎새
가을은 그득하다

길손들
잠시 머물다
한 점 여유 따가네

몸살

어린 날
홍역처럼
상처들이 심상찮다

쌓이고
쌓인 욕구
마디마디 불협화음

환절기
잊을 만하면
또 찾아와 소란이다

시조가 좋은 걸 어떡합니까

시상을
부여잡고
뒤척이며 지새운 밤

집 나간
탕자처럼
밑천은 바닥나고

타고난
재주 없어도
어떡해요 좋은 걸

경력자

밑간을 견딘 그대 뒤집어질 일 앞에서
능숙하게 무릎 꿇고 겸허히 받아들여
몇 번쯤
실패와 좌절
헤쳐 나온 오뚝이다

살림이 거덜 날 땐 봄에 소를 내다 팔 듯
새 주인을 기다리는 유기견 신세처럼
툭하면
쓰라린 이별
이력서로 승화한다

이팝나무 2

밥알 닮은 하얀 모습
이름도 이밥 되어

배곯던 보릿고개
위로하러 찾아온 임

소쿠리 가득가득히 쌀 튀밥을 이고 섰네

갱년기

아직 갈 길이 먼 바람 이는 석양 무렵
몽우리 맺기도 전 목 떨구는 동백처럼
어느새
다가온 이야기
성글어서 썰렁하다

흡사 늦은 가을 떠나보낸 낙엽처럼
앙상한 나뭇가지 찾아드는 바람처럼
긴 세월
한스런 가벼움
달빛 되어 흐른다

여수 여행 1

20년
지기들이
번개 치듯 가는 여행

파랗게
돋는 인심
싹트는 낭만 도시

와 보면
여수 밤바다
명곡 탄생 알게 되지

여수 여행 2

바가지
각오하고
달려온 유원지에

한 사발
막걸리면
식혜 한 잔 덤이라네

사르르
홀리는 그 맛
깍쟁이들 눈 커지네

건강검진

두려운 통과의례
피할 수
없는 관문

번호표 옷을 입고
넘나들며
청소해요

다시 날 찾지 말아줘
일 년 후에
또 올게

코로나19

중국발 우한폐렴 가벼이 보았다가
삽시간에 불 번지듯 걷잡을 수 없는 불꽃
목숨을 앗아가 버리는
재앙 중의 재앙이다

아무거나 먹어 대고 신앙생활 개차반이
만물의 영장이 다 무색한 말 아니런가
인간사 만용이 부른
옐로카드 경고라

자기 배 채우느라 마스크도 씨가 말라
눈뜨면 느는 환자 백신 없어 떠는 공포
하나님,
불쌍한 온 인류를
구원하여 주소서

여행 마지막 날

시작을 하다 보면 반드시 끝이 오듯
이별의 섭섭함을 날씨도 알았는지
얄궂게 찌푸린 하늘 잔뜩 삐진 여자 같다

떠나온 그곳으로 돌아갈 여행 가방
점점 더 다가오면 아쉬움만 웃자라고
사진첩 수놓는 여행 커튼콜을 질질 끈다

5부

비빔밥

불편한 몸을 끌고 송편을 찍으실 때
세월의 나이테에 쫄깃함이 아롱져서
가끔은 그때가 그립다, 며느리 볼 나이에

양파(동시조)

양파를 까는 일도
어려운 일이지요

양파를 써는 일은
그보다 더 힘들어요

남에게
힘들고 어려운 일
양보하지 마세요

춘천 막국수

때로는 밥보다는 별미에 끌리는데
수은주가 끌어 올린 한증막 더위 되면
만든 지 얼마 안 된 국수에 유혹의 꽃 환히 핀다

강원도 사람처럼 거칠고 투박해서
뚝뚝 끊어지는 면발사리 콧등 친다
막 먹어 붙여진 이름 온 세상을 담아낸다

감자옹심이

살점들 엉겨 붙어 덩어리로 둔갑하여
입안에서 쫄깃쫄깃 딴 세상 선물한다
손맛이 그리울 때면 강원도로 오시게

담백한 국물에다 때로는 국수까지
계절의 보약 되어 이웃님 사랑 듬뿍
그 옛날 감자의 변신 상상이나 하리까

유채꽃

초록빛
메아리가
휘파람을 불어준다

눈부신
금색 물결
들판 가득 봄을 물고

샛노란
아씨들 모여
파도처럼 출렁이네

감자의 그것

찌개에 넣을 감자 임꺽정 주먹만 해
노란 피부 곱살해도 그 속내는 시커멓네
겉 보고 절대 모르는 사람 속을 빼닮았다

십자로 도려내는 두 손이 떨려오네
바람 잘 날 없는 남매 갈치고 키우느라
그 속이 숯 검댕이 된 우리 엄마 생각이 나

눈물인지 아픔인지 인내인지 사랑인지
감자의 그것처럼 도려낼 수도 없는
먼 나라 그 나라까지 품고 가신 슬픈 곳간

아바이 순대

오징어 몸통 안에 감춰 둔 다진 속내
화살도 비껴가고 총알도 뚫지 못해
할머니 어슥한 칼질에 만선의 꿈 부푼다

한여름 속초 장터 샐 틈 없는 사람 물결
가족들 흩어져서 갈 곳 몰라 당황해도
빈속을 가득 채우니 순대처럼 훈훈하다

감자떡

강판에 갈아낸 뒤 전분을 가라앉혀
갓 시집온 막내아기 강원도 맛 선보이려
주름살 고인 땀방울 진주처럼 눈부시다

불편한 몸을 끌고 송편을 찍으실 때
세월의 나이테에 쫄깃함이 아롱져서
가끔은 그때가 그립다, 며느리 볼 나이에

생강나무 1

부잣집 공자처럼
매끈하게 늘씬하고

고생 흔적 뵈지 않아
말쑥하게 빠졌어도

뾰족한
생강나무 입술
말괄량이 같구나

생강나무 2

꽃잎이
떠난 자리
초록별이 내려앉아
뫼 산자 잎 고고하게 하트 잎들 애교떨며
지나는 등산객에게 무릉도원 선사하네

비빔밥

초심을
잃지 않고
저마다 개성 있게

어울렁
더울렁
뒤집어 넘어진다

어느새
풍진 세상이
행복으로 뒤바뀐다

봄동

겨우내
모진 시련
끄떡없이 이겨 내는

열두 폭
연두 치마
달싹한 노란 속잎

몸 안에
퍼지는 전율
곱디고운 봄 향기

너의 비명

감자를 캐면서 치부를 건드릴까
땅을 긁어댄다, 언저리로, 주변으로
아뿔사! 급소를 찌른 게다, 정수리를 당긴 게다

파르르 떨려오는 팔꿈치 푸른 전율
자지러진 비명소리 숨이 턱 막혀오고
지금껏 의도치 않게 입힌 상처 물결친다

조심한다 그럼 안돼 모르고 던진 일구(一口)
단두대 처형처럼 잘려 나간 뭇 영혼들
더 이상 세 치의 검에 날 세우지 않으리

산딸기

빠알간
이슬 모아
비즈공예 빚었어요

뭉치면
같이 살고
흩어지면 죽을까 봐

온 가족
한데 모여서
가는 발길 잡고 있네

원추리가 사는 법

제 몸에 악을 품어 미물들 기겁해도
뜨거운 맛 보여주면 뽀득하고 달달해져
시름을
잊게 해주는
달란트가 살아난다

겉모습 순하다고 속조차 순할쏘냐
위험이 사방팔방 꿈틀대며 도사려서
남에게
당하지 않으려면
독이라도 품어야지

딸기 모찌

겉모습
허여멀게
싱거운 사람 같아

슬며시
내면으로
미끄러져 들어가면

정신도
번쩍 들게 하는
명물 중의 명물이다

김치 담그기

땡볕에
물 옥살이
이겨 낸 소금으로

겉절이든 소박이든 밑간에 푹 절여져

겸손히 숨을 죽여야
부활하는
생명 된다

평설

향수를 잣는 시인

김흥열
(사단법인 한국시조협회 고문)

평설

향수를 잣는 시인

김흥열

(사단법인 한국시조협회 고문)

I. 들어가며

먼저 라현자 시인의 시조집 『봄볕이 다정해도 아직 봄은 아니야』 상재를 축하드린다.

시인은 『시조사랑(현 계간시조)』을 통해 등단하신 이래 현대시조 창작에 심혈을 기울이고 계시며 현재는 (사)한국시조협회 원주지부에서 왕성한 문학 활동을 하고 계시다. 성품은 온화하시나 시조를 사랑하는 열정은 그 누구한테도 뒤지고 싶지 않은 분이시다. 시조 강의가 있는 날은 원주에서 서울까지 오는 불편함을 마다 않는 것을 보면 시조사랑이 얼마나 뜨거운지 짐작하고도 남음이 있다. 이같은 열정 때문에 시조 문학의 미래는 밝고 세계화도 멀지 않다고 생각한다.

시인의 작품을 통람(通覽)하면서 느낀 바를 한마디로 표현한다면 시골 소녀 같은 순박함이 배어 있다고 말할 수 있겠다. 작품에 나타난 시인의 고운 마음은 마치 순백의 바탕에 영롱한 아침이슬을 그린 한 폭의 동양화 같다는 느낌을 받는다.

시(詩)도 마찬가지지만 시조 역시 순수한 서정시가 가장 아름답지 않을까 생각해 본다. 시(詩)는 화자(話者)가 지니고 있는 마음의 아름다운 모양이다. 이 마음을 사진기로 찍어 낼 수만 있다면 이보다 더 찬사를 받을 그림은 아마 존재하지 않을 것이다.

서경(書經)에도 시언지(詩言志)라는 말이 있고 공자께서도 논어 위정편에서 "思無邪"라 하여 시를 '사악함이 없는 마음'이라 하셨다. 『청구영언 1728년』의 발문을 쓴 흑와 정래교는 "노래를 글로 쓰면 시가 되고 시를 관악기와 타악기에 얹으면 노래가 된다."라고 했다.

이런 맥락에서 보면 영국의 매슈 아놀드의 말처럼 인간의 가장 완벽한 발언이 시(詩)라는 것은 확실하다. 시를 모르는 사람도 소월의 시를 읽으며 기뻐하고 깊은 감동을 받는 것은 미학적 아름다움 때문일 것이다. 시는 시인의 손끝에서 만들어지는 단순한 유희(遊戱)가 아니라 작가가 세상을 보는 가치관이 배어 있는 고품격의 언어예술이다. 즉, 기의(記意)를 내포하고 있는 예술이며 시조의 미학적 가치라 할 수 있다.

라현자 시인을 볼 때마다 시인의 내부에서 진화하는 엘랑 비탈(elan vital: [프랑스어] 삶의 약동, 생의 비약)을 느낀다. 즉, 시인 자신을 새롭게 형성해 가려는 창조적 진화의 모습을 느낀다. 시조 창작에 있어 능력의 한계를 뛰어넘으려는 활력을 지니고 계신 분이다.

우리는 왜 시조 창작에 몰입하는가? 시조(時調)의 정체가 무엇이기에 그토록 창작에 심혈을 기울이고 애착을 갖게 되는가 하는 점을 자문하지 않을 수 없다.

시조는 자유시와 다른 어떤 매력을 지닌 문학 장르임이 틀림없기 때문인데 간략하게나마 이를 먼저 짚어 보고자 한다.

〈시조〉를 올바로 알기 위해서는 먼저 정체성(正體性)부터 이해하여야 한다.

시조가 전통언어예술임을 부정하는 시인은 없다. 아무리 사회가 바뀌고 인터넷이 발전하더라도 전통문화는 바뀔 수 없는데 전통문화는 변하는 것이 아니라 그 원형을 지켜내야 되는 문화유산이다. 즉 아무리 세월이 흘러도 "정체성"은 바뀔 수 없다.

이 정체성이 바로 전통문화의 가치가 된다. 이 가치를 수용하고 지켜 낼 때 시조는 빛을 내게 된다.

그렇다면 시조의 가치는 무엇일까?

첫째는 역사성과 예술성이다. 역사가 오래되었다고 모두 가치가 있는 것은 아니다. 아무리 시조의 역사가 오래되었다 하더라도 우리 삶을 기쁘고 신나게 만들어 주지 못한다면 가치는 없다. 예술이 우리 삶을 풍요롭고 아름답게 만드는 것이 그 역할이라면 시조는 우리의 삶을 얼마나 아름답게 만들어 왔는가를 짚어 보고 이를 생각해 가면서 현대시조를 창작하여야 할 것이다.

둘째는 시조의 예술성이다. 시조는 언어예술이므로 사람의 마음(생각)이 밖으로 나와 우리 삶을 기쁘고 신나게 만들고 사유의 폭을 넓혀 간다. 생각은 누구도 볼 수 없지만 말이라는 수단을 통하여 듣게 만들고 이를 사라지지 않도록 하나의 기호(글자)화하여 보존하면 문화가 된다. 그래서 문화는 우리의 몸과 마음이 지니고 있는 기호라고 말할 수 있다.

이 기호를 통하여 공동체 구성원들은 익히고 배워 하나의 전통을 이어 가게 된다.

역사라는 과정을 통하여 예술의 자격을 검증받고 가치를 인정받는다. 시조는 이런 과정을 모두 거친 언어예술이다. 예술은 어느 분야를 막론하고 순수하고 아름다우며 독자 또는 관중에게 즐거움을 주어야 한다.

라현자 시인의 작품을 읽다 보면 다정한 친구를 불러내어 차 한 잔을 마시며 오순도순 대화하며 정을 나누는 느낌을 받는다. 아침 햇살에 반짝이는 이슬처럼 순수하고 청정한 치악산 깊은 골에서 자라난 푸나무의 햇순 같아 더욱 정감이 깊어진다.

이제 시인의 작품 몇 편을 살펴보면서 시인이 추구하는, 시인만이 가지고 있는 시 세계를 들여다보도록 한다.

II. 감상하기

병마로
물든 세상
여지없이 봄은 오고

오가도
못할 신세
어찌할 바 모르겠네

봄볕이
저리 다정해도
봄은 봄이 아니야

-「2020, 봄」 전문

　코로나가 발생하여 전 세계를 공포에 떨게 하던 때를
형상화하여 그려낸 작품이다.
　이 역병이 발생하여 극성을 부릴 때 우리는 너나 할 것
없이 공포에 떨었던 기억이 있다. 코로나는 아직까지 완
전히 극복된 상태는 아니지만 어느덧 옛이야기의 길로 접
어들어 가고 있는 형국이다.

초장에서 작가의 답답한 심정을 느낄 수 있다. '여지없이 봄은 온다'는 표현에서 그 마음을 엿보게 된다. 종장에서 '봄볕이 다정해도 봄은 봄이 아니다'라고 한 것은 그만큼 마음의 여유가 없다는 표현이다.

왕소군(王昭君)의 슬픈 사연을 노래한 당(唐)나라 시인 동방규의 시 〈소군원〉에서 유래했다는 한시 '춘래불사춘(春來不似春)'이 생각나는 구절이다.

아마 세계 전 인류의 마음이 작가의 마음과 조금도 틀리지 않을 것이라고 생각한다.

'봄볕이 다정하다'는 표현은 말 그대로 정감이 간다. '봄볕은 따스하다'라는 표현을 '다정하다'로 바꾸었을 뿐인데 오랜 지기(知己)를 만난 듯 그 표현이 반갑다.

좋은 시어를 발굴해 냈다.

소나기 피하려고
처마 밑에 들른 그날

초가지붕 빗방울이
손등에 올라앉아

그사이 뿌리를 내렸나,
사마귀가 돋았네

-「사마귀」 전문

이 작품을 읽으면서 필자 역시 같은 경험을 한 바 있다. 어릴 때는 사실이든 아니든 그 말을 믿었다. 이 작품의 표현 중, 중장의 "빗방울이 손등에 올라앉아"라는 표현은 신선하다. 이런 표현이 바로 시가 되는 것이다. 떨어진 모습을 '올라앉아'라는 말로 바꾸었는데 정말 신선하지 않은가? 이는 '빗방울'을 의인화하였기 때문에 독자에게 산뜻하고 더욱 실감 나는 모습을 전달해 주고 있다.

손등에 떨어진 물방울이 마치 씨앗이 싹터 뿌리를 내린다는 생각은 시인이 아니고는 만들어 낼 수 없는 언어예술이다. 이 작품을 읽는 독자는 자신의 어린 시절을 다시 한번 소환해 보며 눈가에 고운 미소를 지을 것이라는 생각을 해 본다.

어릴 적 추억이나 향수 등은 언제나 그리운 모습으로 각자의 마음속에 현재를 살아가고 있다.

산수유 생강나무 일란성 쌍둥인 듯
꽃모양 너무 닮아 보면서도 모르겠다
겉보기
비슷하다고
향기까지 같을까

-「공통점과 차이점」전문

산수유와 생강나무는 얼핏 보기에 쌍둥이 같다. 즉 너무 닮은꼴이다.

식물도 이러할진대 사람의 외모만 보고 그 속내를 읽어내는 일은 불가능에 가깝다. 마음의 모습은 말과 행동에서 그리고 그 사람의 글에서 나타난다. 마음은 언제나 메마른 바람처럼 혼자 다니는 것이 아니라 향기를 데리고 다닌다. 마치 꽃에서 각양각색의 향기가 나듯이. 이런 메시지를 종장을 통하여 독자에게 전달하고 싶은 것이 화자가 이 작품을 쓰는 이유인지도 모르겠다.

이 작품은 평범하고 쉬운 말로 물 흐르듯 쓰였지만 이 글에서는 다른 향기가 난다는 사실을 금방 알아낼 수 있다. 우리는 언제나 불편한 향기보다는 친근감 주는 향기, 사람 냄새 풍기는 향기를 원한다.

밥알 닮은 하얀 모습
이름도 이밥 되어

배곯던 보릿고개
위로하러 찾아온 임

소쿠리 가득가득히 쌀 튀밥을 이고 섰네

-「이팝나무 2」 전문

한국의 6~70년대 태어난 이라면 누구나 '보릿고개'라는 단어의 숨은 뜻을 이해한다. 참으로 배고픈 고개를 지나온 역사의 증인들이다.

'이밥'은 입쌀로 지은 밥으로 하얀 멥쌀밥을 말한다. 그러므로 이팝나무의 하얀 꽃이 쌀의 모습을 닮았다 하여 마치 하얀 쌀밥 같다 하여 이 같은 이름이 생겨났을 것이다. '이밥나무'가 변형되어 나온 말이다.

허기진 눈으로 보면 하얀 꽃다발은 영락없는 쌀 튀밥이다. 어릴 때 향수를 소환하는 글이다. 필자의 기억에도 아카시아 꽃을 따 먹던 추억이 생생하다.

요즘도 빈곤에 시달리는 많은 사람이 있지만 그 중에서도 힘없는 어린애들을 생각하면 마음이 아프다. 진수성찬을 먹지도 않고 맛없다는 핑계로 아무 죄의식 없이 무심코 내다버리는 사람들을 매스컴에서 볼 때마다 내가 한 일이 아니면서도 큰 죄를 짓는다는 생각을 떨쳐버릴 수가 없다. 우리 모두 내 이웃을 다시 한번 더 살펴볼 일이다.

몇 매듭 풀다 보면
고향이 드러난다

말속에 뼈가 살듯
맘속에 고향 있다

그랑게

아무렇게나

함부로록 살 수 없다

-「사투리」 전문

　우리 속담에 '세 사람 건너가면 그 사람이 누구인지 다 알게 된다'느니 '고향 까마귀만 보아도 반갑다'느니 하는 말이 있다. 고향은 언제나 어머니 품처럼 포근하고 아늑하여 고향 사람을 만나면 안면이 전혀 없는 사람도 백년지기처럼 반갑게 느껴진다.

　어느 노시인은 필자에게 이렇게 말한 것을 기억한다. 〈고향은 사람을 낳고 그 사람은 고향을 빛낸다.〉 왜 이 기억이 문득 떠오르는 것일까.

　라현자 시인은 고향을 빛낸 인물 중 한 분임이 확실하다. 왜냐하면 시인은 아무나 되는 것이 아니기 때문이다. 하물며 시조시인이야 더 말해 무엇 하겠는가.

　종장 첫 소절 3자를 '그랑게'라는 고향사투리 원형대로 표기하여 더욱 친근감을 전해주고 있다. 이런 고향 사투리는 모태에서 배운 언어라 잊혀지지 않는 말이기도 하지만 구태여 사투리를 피할 이유도 없다. 정감이 간다.

　불현듯 그날 아침

　사는 게 무엇일까

물음표 옷을 입고
오늘이 찾아왔다

아직도 고심(苦心) 중이다,
그 해답을 얻고자

-「풀리지 않는 의문」 전문

이 글은 철학적 사고를 지닌 글로 누구나 갖고 있는 의문부호이다. 일상을 살다 보면 문득 이런 생각을 해 본 경험이 누구에게나 있을 것이다. 이런 사색은 우리의 삶을 풍요롭고 가치 있게 만든다. 이 글을 읽으며 화자가 따끈한 차 한 잔을 들고 창가에 서서 자연의 섭리를 생각하는 것 같은 느낌을 받는다.

말 그대로 사색(思索)의 창이다.

이 사색(思索)의 창은 내 영혼이 내 몸 깊숙이 배어 있는 속세의 먼지를 보는 장소이며, 그 먼지를 털어내는 눈(目)이며, 동시에 이런 사색의 시간은 내 영혼을 살찌우는 시간이다.

그러나 이에 대한 답은 아직까지 그 누구도 찾아낸 적이 없는 풀 수 없는 수수께끼이다. 끝이 보이지 않는 미로(迷路)이다.

중장에 '물음표 옷을 입고 오늘이 찾아왔다'는 은유는

독자로 하여금 많은 생각을 하게 만든다. 현대시조에서
〈낯설게 하기〉와 현대시조의 창조적 작법(作法)은 바로
이처럼 엮어내야 한다. 이것이 바로 법고창신(法古創新)의
정신이다.

　문장이 평범하면서도 〈낯설게 하기〉의 수사법을 동원
하여 독자에게 하나의 메시지를 남기는 글이다

　초록빛
　메아리가
　휘파람을 불어준다

　눈부신
　금색 물결
　들판 가득 봄을 물고

　샛노란
　아씨들 모여
　파도처럼 출렁이네

　-「유채꽃」 전문

　우선 초장을 보면 '초록빛 메아리'라는 표현이 눈길을
끈다. '초록'은 시각이며 '메아리'는 청각이다. 두 개의 이
미지를 공감각적으로 엮어낸 수사법을 활용했다.

시조나 시에서 공감각적 이미지가 담긴 수사법을 동원할 때 시(詩)다운 맛을 내게 된다.

또 후구에서 '휘파람을 불어준다'라고 하여 의인화를 잘하였다. 초록빛 메아리가 휘파람을 불게 하는 능력도 시인만이 가지고 있는 특권이다.

중장에서도 '금색 물결이 봄을 문다'고 한 것처럼 시인은 어휘의 조탁능력 역시 뛰어나다. 시어와 시어를 조금 다르게 배열하였을 뿐이지만 독자는 매우 신선한 느낌을 갖게 되고 시조의 색다른 매력을 맛보게 된다.

현대시조는 이런 방향으로 발전해 가야 바람직하지 않을까 조심스레 화두(話頭)를 던져본다.

부족한
사람끼리
연분의 매듭 묶어

한평생
걸어가며
사랑으로 탑을 쌓아

세상을
더 아름답게
불 밝히게 하시네

-「부부 1」 전문

 라 시인은 이 작품을 통해 무슨 말을 하고 싶은 것일까.
수많은 사람 중에 연(緣)이라는 끈에 묶여 평생을 함께해
야 할 사랑의 결정체가 부부이다. 그러나 이 결정체는 두
사람만의 행복을 추구하는 것이 아니라 세상을 더 아름답
게 밝히라는, 조물주로부터 명을 받은 사람들이므로 반드
시 책무를 다해야 한다는 생각을 갖고 있다.
 이를 폭넓게 펼쳐보면 온 인류에 해당되는 말이 된다.
즉 부부로 만난 것은 우연이 아니라 조물주의 뜻이니 부
부는 싫거나 좋거나 그 사명을 완수할 책임을 가져야 한
다는 말이 된다. 어느 한쪽의 사랑만으로 사명이 완수되
는 것은 아니다.
 두 마음이 하나가 될 때만 가능한 일이다. 이 사랑은 가
정에서 이웃으로 이웃에서 한 사회로, 국가로, 전 세계로
들불처럼 번져나갈 때 우리는 인류의 평화를 이 지구라는
아름다운 별에서 뿌리내려 꽃피우게 할 것이다.

 토요일 오후 7시 복권방을 지날 때면
 도로 갓길 따라 줄 서 있는 자동차들
 대박을 터뜨릴 꿈이 돈 꿈 꾼 듯 벅차다

 일등이 나왔다는 소문이 떠돌아서

추첨을 하기도 전 가슴이 콩닥댄다
참말로 야무진 꿈에 한 발짝 더 다가간다

다섯 장 복권 품고 상상의 나래 펴면
만석꾼도 되어 보고 재벌도 부럽잖다
가끔씩 며칠이나마 그 행복에 젖어 산다

-「꿈을 꾸는 사람들」 전문

누구나 꿈꾸는 대박 꿈이다. 필자 역시 혹시나 하는 마음에서 복권을 산 경험이 있지만 추첨 직전까지 가슴은 마냥 부풀고 돈 쓸 곳까지 벌써 생각하곤 했다.

우리는 누구나 살아가는 중에 이런 대박이 터지기를 기대하는 것이 평범한 서민들의 꿈일지도 모른다. 이 대박은 한순간에 신분상승을 가져오는 효과가 있다.

요즘처럼 황금만능주의가 팽배한 때에는 더욱 그러하다.

이 복권은 장단점을 지닌, 즉 절망과 희망을 가지고 있는 야누스의 두 얼굴인 셈이다. 그래도 서민들에게 주는 대박만 터뜨려주는 야누스가 되었으면 좋겠다.

그러나 이는 요행을 바라는 일이라 하지 않을 수 없다. 요행보다는 피땀이 배인 결과물을 얻을 때 그 기쁨은 복권에 비할 바가 아닐 것이다.

4인분

뚝배기에
찌개가 끓고 있다

며느리도
모른다는
절대적 레시피다

비밀은
일급일수록
은밀해서 맛있다

-「비밀 2」 전문

이 작품의 맛은 종장에 있다. 비밀의 자물쇠가 견고할수록 더 열고 싶어진다.

비밀은 과연 지켜질 수 있는 것일까? 이 세상에 비밀은 없다. 비밀은 비밀이 될 수 없는데 이는 우리 속담에서 이를 입증해 내고 있다. 즉 '낮말은 새가 듣고 밤 말은 쥐가 듣는다'고 했으니 비밀이 지켜질 일은 없다.

불가에서는 입으로 짓는 업을 구업(口業)이라 한다. 말은 한 번 나오면 허공에서 사라지는 것 같지만 언젠가는 자기에게 부메랑으로 돌아오는 것이 다반사이기 때문이다. 그러하니 우리는 늘 입조심을 하고 살라는 메시지를 담고 있는 글이다.

초등학교 시절에는 한양은 고사하고
읍내만 갔다 와도 어깨가 으쓱했다
장날이 공휴일이면 계 탄 거나 다름없고.

누가 먼저 할 것 없이 삼삼오오 떼를 지어
간척지 논길 따라 줄포까지 걸어갈 때
한가득 설렌 마음만 빈손으로 들고 간다

십리를 뛰며 걷다 다리를 세 개 건너
밭둑길 버덩너머 언덕을 올라서면
코앞이 줄포장터라 작은 심장 벌렁댄다

-「줄포장 가는 길」 전문

작가는 이 글을 통하여 독자들에게 과거를 소환해 주고
있다. 배고프고 힘들던 지난날들도 지금 와 돌아보면 꽃
밭이라던 어느 시인의 말이 생각난다. 필자 역시 아주 흡
사한 추억의 소유자이다. 서울 이야기를 하면 어느 전설
의 고향처럼 들리던 시절이 있었다.
    가난은 언제나 동심을 짓밟고 가던 때이다. 눈요기만으
로도 행복했던 그 시절이 눈앞에 아른거린다. 평서문처럼
써내려간 글이지만 가끔 이런 글을 읽게 되면 늘 향수에
젖는다. 이런 현상은 우리가 살아있음을 입증하는 것이

아닐까.

각 수의 종장을 보면

첫수 종장 '장날이 공휴일이면 계 탄 거나 다름없고'

둘째 수 종장 '한가득 설렌 마음만 빈손으로 들고 간다'

셋째 수 종장 '코앞이 줄포장터라 작은 심장 벌렁댄다'

와 같은 비유는 아주 실감나도록 마감하였다.

언제 한 번 줄포장터를 가봐야겠다.

담 너머

별세계를

펼치고픈 간절함에

풋풋한

꿈 하나를

설레면서 심어 놓고

겯기로

한 땀 한 땀씩

까치발로 오른다

-「담쟁이 2」 전문

이 작품 역시 매우 호감이 가는 작품 중 하나이다. 의인
화가 잘되었으며 꿈과 희망을 갖게 만드는 작품이다. 시

조는 가능하다면 아픔을 기쁨으로, 절망을 희망으로 승화
시켜야 한다. 이런 수사법은 언제나 독자를 희망의 세계
로 이끌어 주기 때문이다.

'별세계' '풋풋한 꿈' '결기' 등에서 느끼는 깊은 맛은 시
보의 별세계를 말해 주는 듯하다. "간절함"이라는 말에는
'기적' 같은 일이 생길 수 있는 긍정의 힘이 포함된 말이다.
이 간절함은 뜻하는 바를 이루게 하는 신비가 숨어 있다.

중장 후구에 '꿈 하나를 심는' 주인공은 '담쟁이'이다.
담쟁이도 해내는 일을 우리가 왜 못하겠는가. 화자의 의
지와 결기를 엿보는 대목이다.

초심을
잃지 않고
저마다 개성 있게

어울렁
더울렁
뒤집어 넘어진다

어느새
풍진 세상이
행복으로 뒤바뀐다

-「비빔밥」 전문

혼란한 사회상을 보는 것 같다. 비빔밥에 들어가는 나물이 개성을 잃는다면 정말 맛없는 밥이 될 것이나 각 나물은 자기의 DNA를 살려내어 절대로 초심을 잃지 않는다.

모래는 동족끼리도 붙어 있지 못하는데 비빔밥에 들어간 나물은 자기의 개성을 살려내면서도 어울릴 줄 안다. 때로는 뒤집어지고 반기를 들면서도 어느새 풍진 세상을 하나로 만드는 화합의 힘이 나온다. 이 힘은 우리에게 행복을 안겨주는 원동력이 될 것이다.

어울린다는 말은 자기희생을 전제로 할 때만 가능해진다.

우리가 살아가는 사회도 이처럼 어울려 사는 세상이 되면 얼마나 좋겠는가.

화자는 이처럼 비빔밥 한 그릇에서도 살아가는 방식을 제시해 준다. 이런 예리한 눈매는 화자만이 가지고 있는 세상을 보는 눈이다.

인간 사회는 어울려 사는 사회이다.

이 작품은 화합의 소중함을 강변하는 듯하다. 남을 헐뜯고 비난하기보다 품어 줄 때 우리 사회는 비빔밥같이 살맛 나는 세상이 되리라는 확신을 갖는다.

감자를 캐면서 치부를 건드릴까
땅을 긁어댄다. 언저리로, 주변으로
아뿔싸! 급소를 찌른 게다, 정수리를 당긴 게다

파르르 떨려오는 팔꿈치 푸른 전율
자지러진 비명소리 숨이 턱 막혀오고
지금껏 의도치 않게 입힌 상처 물결친다

-「너의 비명」첫수, 둘째 수

이 작품은 화자의 순수하고 아름답고 여린 마음이 고스
란히 드러나 있는 작품이다.
생명의 소중함, 거룩함을 하찮은 미물(감자)에서도 느낀
다. 조물주가 창조한 세상 만물은 우리의 목숨과 조금도
다르지 않게 소중하다. 내가 위대하다면 그들도 위대하다.
크든 작든, 귀하든 천하든, 모두 나름대로 작은 우주임
을 말한다. 그들은 말하지 않으나 시인은 대화를 나눌 수
있는 능력자이므로 이러한 작품을 생산할 수 있다고 본
다. 더욱 빛나는 것은 화자의 마음이다. 한 생명을 소중
히 생각하고 사랑하는 순수한 마음을 읽을 수 있다.

버거운 들숨 날숨
자신과의 싸움이다

깎아지른 절벽 넘어
펼쳐질 미지 세계

기어코

보고야 말리라
해내고야 말리라

「깔딱고개 2」 전문

우리는 살아가면서 반드시 어려운 고비를 맞이한다. 다만 그 정도가 다를 뿐이다.

화자는 초장부터 이 난관을 극복해 내겠다는 결의를 보여주고 있다. '자신과의 싸움'이라는 사실을 인지하고 중장에서는 '미지의 세계'를 향해, 그리고 종장에 가서 반드시 해내고야 말겠다는 결의로 마감을 하였다.

힘들다는 이유만으로 그 깔딱고개를 넘지 못하고 중도에서 포기하는 경우도 종종 본다. 화자가 말하는 '깔딱고개'는 눈에 보이지 않는 삶의 고비이다. 종장 첫 소절에 '기어코'라는 말은 아주 적절한 말이다. 이보다 더 확신에 찬 결의는 보기 어렵다.

독자에게 주는 메시지는 무엇일까. 인내이다. 물리학자 아이작 뉴턴(Isaac Newton)은 인내는 성공의 어머니라 말한 바 있고 속담에도 '인내는 쓰다. 그러나 그 열매는 달다'라고 했다. 이 인내의 전제조건은 '각오, 결심'이다

화자는 「깔딱고개 1」에서도 결의에 찬 마음을 내보인다. 초장에서 '한숨도 쉴 수 없이 치열한 싸움이다'라며 한순간도 방심하지 않는다.

Ⅲ. 마치며

지금까지 라 시인의 작품 몇 편을 골라 감상해 보았다. 시조는 작가의 예술적 마음을 전통적 형식에 담아내는 거울이다. 필자가 알기로는 라현자 시인은 자유시로 등단하여 상당한 기간 자유시를 써 왔지만 이번에 상재된 시조 작품집에는 그 어디에도 자유시의 흔적이 남아 있지 않다. 이는 시인이 시조의 정체성을 분명히 인식하고 시조의 혼을 담아냈다는 말이기도 하다. 몸에 밴 습관을 벗어나기는 그리 쉬운 일이 아니기 때문이다. 어려운 시어를 택하지 않은 것도 작품집의 특징이다. 우리말에는 한자어로 된 어휘가 상당함에도 불구하고 아름다운 우리 고유어를 찾아 시조를 지었기 때문에 더욱 아름답고 정감이 간다.

시조가 되었든 시가 되었든 우리는 우리의 정감이 가장 잘 드러난 순수한 고유어를 찾으려는 노력이 필요하다. 혹자는 한자어나 사자성어로 된 어려운 말로 지어야 작품의 품격이 돋보이는 줄 알지만, 사실은 그 반대이다.

또 하나의 특징은 종장 처리를 아주 잘했다는 점이다. 음수, 소절은 물론이거니와 장의 후구 마감을 반드시 현재형 술어로 마감했는데 이는 전통시조의 원형 그대로이다. 이러한 마감은 역사성과 더불어 영원한 생명력을 유지하는 힘이 된다.

시조의 창작은 법고창신(法古創新)을 살려내야 한다, 즉 法古와 創新은 서로의 장점만을 받아들이는 미덕이 있어야 가능하다. 이 말은 정체성은 지키되 표현은 현대적 감각을 필요로 한다는 얘기가 된다. 라현자 시인의 이번 작품집은 이러한 법고창신(法古創新)하려는 노력의 결과물이라 할 수 있다.

현대 과학 문명의 힘으로 탄생시킨 AI가 과거를 불러내어 현재처럼 스토리를 끌어내기는 하지만 이미 시조는 8백여 년 전부터 현재를 살아가는 생명체를 존재시켜 왔으며 미래에도 영원히 살아갈 존재이다.

다시 한번 라 시인의 작품집『봄볕이 다정해도 아직 봄은 아니야』의 상재를 축하드리며 더욱 열심히 하셔서 시조계에 빛나는 별이 되시기를 당부드린다.

봄볕이 다정해도 아직 봄은 아니야

라현자 지음

발 행 처 · 도서출판 청어
발 행 인 · 이영철
영   업 · 이동호
홍   보 · 천성래
기   획 · 남기환
편   집 · 방세화
디 자 인 · 이수빈 | 김영은
제작이사 · 공병한
인   쇄 · 두리터

등   록 · 1999년 5월 3일
(제321-3210000251001999000063호)

1판 1쇄 발행 · 2023년 10월 30일

주소 · 서울특별시 서초구 남부순환로 364길 8-15 동일빌딩 2층
대표전화 · 02-586-0477
팩시밀리 · 0303-0942-0478

홈페이지 · www.chungeobook.com
E-mail · ppi20@hanmail.net
ISBN · 979-11-6855-195-4(03810)

이 책은 강원특별자치도, 강원문화재단의 후원으로 발간되었습니다.